# ARIANNE

## Un pas avant la chute

Thomas GENDRONNEAU

# Arianne

## Un pas avant la chute

Pièce pour sept comédien.e.s

QUI MAL Y PENSE

**Collection** Suprême Anankè

*La religion, la société, la nature; telles sont les trois luttes de l'homme. Ces trois luttes sont en même temps ses trois besoins; il faut qu'il croie, de là le temple; il faut qu'il crée, de là la cité; il faut qu'il vive, de là la charrue et le navire. Mais ces trois solutions contiennent trois guerres. La mystérieuse difficulté de la vie sort de toutes les trois. L'homme a affaire à l'obstacle sous la forme superstition, sous la forme préjugé, et sous la forme élément. Un triple anankè pèse sur nous: l'anankè des dogmes, l'anankè des lois, l'anankè des choses. À ces trois fatalités qui enveloppent l'homme se mêle la fatalité intérieure,* l'anankè suprême, *le cœur humain.*

Victor HUGO



www.quimalypense.com
ISBN: 978-2-491285-28-9

ISSN: 3001-4581

***Première***

Le 29 juin 2024 à la Factory - Théâtre de l'Oulle dans une mise en scène de Thomas Gendronneau.

***Avec***

Basile Alaïmalaïs
Anthony Falkowsky
Lucas Gonzalez
Sébastien Gorski
Sarah Horoks
Mathilde-Edith Mennetrier
Morgane Réal

***Collaboration artistique***

Lucas Gonzalez

***Création lumière et régie générale***

Quentin Maudet

***Assistanat à la mise en scène***

Amandine Scotto

***Création sonore et régie son***

Baptiste Pilot Dubois

***Costumes***

Elena Bruckert

***Scénographie***

Camila El Adrham, Thomas Gendronneau et Quentin Maudet

***Dramaturgie***

Marie Thiébaul

*Personnages*

ARIANNE
LÉA
NATHAN
OLGA
PAUL
THÉO
ULYSSE

# FRAGMENT I

## Scène 1

*Clameur d'un public.*
*Une minute avant d'entrer sur scène.*

*NATHAN*

Ok, on y va dans 30 secondes, merde à tous !

*THÉO*

C'est quoi déjà le premier morceau ?

*Ils rient et se mettent en cercle, bras dessus bras dessous.*

*ARIANNE*

Bon les gars, ça y est, c'est le dernier concert de la tournée alors quoiqu'il arrive ce soir, jouez comme si c'était la dernière fois !

*TOUS*

BANG !

**♫ LE FIL**

*J'ai perdu le fil*
*Je suis venue à bout*
*Du bout de bobine*
*Qui me restait de nous*

*J'ai coupé le fil*
*Je suis venue à bout*
*De l'histoire qui termine*
*Juste là, devant nous*

*Je cherche, je cherche*
*Je cherche à comprendre*
*Je perds, je perds*
*le Nord*

*J'ai détruit le fil*
*Je suis venue à bout*
*Des gens qui s'inclinent*
*Sans rien savoir du tout*

*J'ai arraché le fil*
*Je suis venue à bout*
*Des coups, des épines*
*De ceux qui m'aimaient mieux recouverte de boue*

*Je cherche, je cherche*
*Je cherche à comprendre*
*Je perds, je perds*
*le Nord*

*Je sens, je sens*
*Que malgré mes efforts*
*Je sens que*
*Je t'aime... encore*

## Scène 2

♫ *GÉNÉRIQUE « OLGA VOUS ÉCOUTE »*
**(DÉBUT DU MORCEAU "AU BORD")**

*OLGA*

Bonsoir à tous, et merci de nous retrouver pour ce nouvel épisode de « Olga vous écoute ». Pour ceux qui auraient été dans le coma ces dix dernières années, mon invitée de ce soir, en quelques chiffres, c'est : 5 albums, 62 titres, plus de 1000 concerts, des millions d'auditeurs, de spectateurs, et des centaines de millions de vues. À ses débuts on la considérait comme la chanteuse la plus prometteuse de sa génération. Elle est aujourd'hui l'une des plus grandes icônes que la musique ait enfantée, et pourtant cela faisait longtemps qu'elle n'avait plus donné d'interviews alors merci Arianne, merci d'être avec nous ce soir, juste avant ce moment tant attendu et si spécial : le dernier concert de votre tournée, là où dix ans plus tôt, vous montiez sur scène pour la première fois.

*ARIANNE*

Merci à vous Olga de m'avoir invitée.

*OLGA*

Je vais citer Mick Jagger pour commencer cette émission, car on parle évidemment de vous de l'autre côté de la Manche : « Arianne, c'est un mystère, c'est du rock à l'état brut, c'est un son et une voix qui vous brûlent quand vous l'entendez. On ne sait pas grand chose d'elle et de sa vie et pourtant on a tous l'impression de la connaître grâce à ses chansons. C'est un don rare, d'entrer dans le cœur des gens avec des mots. Et ce don elle l'a, c'est certain ». Il a confié ça dans une émission il y a quelques jours, vous trouvez que ça vous résume bien, Arianne ?

ARIANNE

…
Waouh. Je savais pas qu'il avait dit ça... Merci Mick. Franchement, je trouve que ça parle bien des morceaux, de l'énergie du groupe, mais de là à dire que ça me résume moi, je sais pas... enfin après j'ai pas envie de contredire Mick Jagger.

OLGA

Ça serait dommage.

*Un temps.*

ARIANNE

Non mais qu'est-ce qui me résume... ? Je sais pas... Comment on se résume... Faut que je m'analyse là en fait c'est ça ? Alors peut être que je peux raconter depuis le début et puis si je dis trop de bêtises vous envoyez la pub ?
Je peux avoir un verre ? Merci.
Alors le début... je pense que ça commence par une guitare offerte par mon père à Noël quand j'avais huit ans. Je suis tout de suite tombée amoureuse de cet instrument et très vite j'ai commencé à composer des chansons avec.

OLGA

C'est votre père qui vous a encouragé à faire de la musique ?

ARIANNE

Oula, non, pas du tout, lui il m'a offert une guitare comme on offre un jouet.
Il s'attendait pas du tout à tout ce qui allait se passer après. Je crois qu'il s'en est mordu les doigts d'ailleurs.

OLGA

J'imagine qu'aujourd'hui il doit être très fière. Quel genre de rapport vous avez avec lui ?

ARIANNE

On a pas de rapport aujourd'hui.

OLGA

Vous avez de bons rapports en général, avec vos proches ?

ARIANNE

Vous savez, les seuls proches qu'il me reste, c'est le groupe.

THÉO

Hé ouais, c'est nous ! On se permet de venir quand même !

PAUL

Bah alors Olga, vous nous avez pas attendu pour commencer l'interview ?

THÉO

On sait que c'est Arianne la star mais je pense qu'il serait essentiel de parler de ses musiciens.

PAUL

Oui de ses musiciens, et du batteur.

THÉO

Ah oui parce que le batteur n'est pas un musicien, c'est bien connu !

LÉA, *MONTRANT THÉO ET PAUL*

Et donc eux ce sont nos deux enfants à charge.

THÉO

Oui heureusement que tu es là maman.

LÉA

Ah non t'arrête avec ça hein !

ARIANNE

Je vous laisse avec eux, je reviens.

*Arianne part en coulisse.*

PAUL

Quoi tu pars déjà ?

THÉO

C'est parce que j'ai dit maman ?

LÉA

Non je pense juste qu'elle a besoin d'une pause !

PAUL

Mais ça vient de commencer !

THÉO

C'est pas grave, on va enfin pouvoir avoir notre moment, avec vous. *(En regardant la caméra.)* Avec toi.

*Ulysse qui regardait Arianne s'éloigner, décide de la suivre.*

OLGA

On va reprendre plus tard, d'accord ?

LÉA

Oui merci Olga, ça va tous nous faire du bien, c'est un concert un peu spécial ce soir.

THÉO

Oh ça va, détendez-vous, c'est la plus petite scène de la tournée !

LÉA

C'est émouvant pour nous de revenir ici.

PAUL

J'aime bien cette salle, je préfère le rapport au public.

THÉO

Allez arrête sérieusement, tu vas pas me dire que t'as pas kiffé Munich en 2016 ?

*PAUL*

Mais les stades c'est différent, il y a le truc du mythe, la salle énorme, des milliers de personnes. Alors que tu prends le Trianon qu'on a fait il y a trois ans, là il se passe un truc, c'est plus intime.

*THÉO*

Ah mais non ça y est j'ai compris, tu te chies dessus dans les grandes salles mon p'tit Polo !

## Scène 3

*THÉO*

Bon bah c'est simple, on va faire un vote ! Levez la main pour ceux qui préfèrent les grandes ? Ok et maintenant levez la main pour ceux qui préfèrent les petites ?

*PAUL*

Tu vois !

*THÉO*, *VOYANT L'ÉCRAN, SUR LEQUEL ON VOIT ULYSSE QUI DESCEND DANS LES COULISSES DE LA SALLE, À LA RECHERCHE D'ARIANNE*

Ah ouais ok, c'est plus intéressant de filmer les coulisses que de nous écouter.

*PAUL*

Ah tiens, ça c'est Tom, le conducteur du tourbus.

*THÉO*

Plutôt sympa ! Bon vraiment on filme les escaliers et les murs là ? C'est quoi, un documentaire immobilier en fait ?

*PAUL*

Je me souviens, j'avais six ans quand mon père m'a emmené ici c'était en 87. J'en avais jamais vu avant, mais je m'en souviens comme si c'était hier. Croyez-moi, voir un mur porteur pour la première fois de sa vie, ça vous change un homme à tout jamais. Je crois que c'est par là.

*THÉO*

Vous auriez pas vu un mur porteur ?

*PAUL*

Ah non, c'est pas ici, attendez je crois que

*THÉO*

Il est par où le mur porteur ?

*PAUL*

Ah oui c'est là, venez voir.

*THÉO*

Laissez-moi seul avec le mur porteur.

*Moment de gêne sur la deuxième partie de la vidéo, on voit Arianne pleurer dans les bras d'Ulysse.*

*LÉA*

*(Quand Arianne tente de boire.)* Non, on peut arrêter de filmer s'il-vous-plaît ?
*(Quand elle voit Arianne qui semble sourire.)* Vous avez essayé le nouvel arrangement que j'ai proposé hier soir ?

*THÉO*

Le nouvel arrangement ?

*LÉA*

Oui, mesure 43 à la coda, sur le 2 du 4, parce que si t'enlèves la clave et que tu joues la triple croche à la place, pendant que moi je minorise à la blanche et que Paul est en shuffle sur la quinte à l'octave, ça va donner du relief et de l'air, et je sais pas vous, mais moi, j'aime bien quand ça respire. T'as compris ? *(Montrant Théo.)* Il a compris ?

*THÉO*

Non moi tu m'as perdu à "minorise".

*LÉA*

C'est un truc de musique.

*PAUL*

Oui ça va aller vite, allez on s'y met.

*THÉO*

Ça donne quoi si tu minorises alors ?

PAUL

Théo ? Ta batterie. Elle est là.

THÉO

Léa, ça te dirait qu'on minorise ensemble ce soir ?

PAUL

THÉO !

LÉA

Alors on fait tourner ça tous les trois avant qu'ils arrivent. De toute façon ils auront toujours un quart d'heure de retard.

*Ulysse et Arianne entrent.*

ARIANNE

On est là, on est là, pardon les amis, ça va ?

THÉO ET PAUL

Oui mais toi surtout, ça va ?

ARIANNE

Oui oui tout va bien ! *(Boit un coup.)* On fait les balances du coup ? Baptiste t'es prêt ? Vous êtes prêts ?
Je propose qu'on reprenne directement sur le couplet de "Au bord", si ça vous va ?

THÉO ET PAUL

Yes c'est ok !

ARIANNE, *À LÉA ET ULYSSE QUI RIENT ENSEMBLE DE MANIÈRE COMPLICE*

Ulysse, Léa, ça va ? On vous dérange pas ? Vous avez entendu ? Premier couplet de "Au bord" direct.

LEA

Oui oui pardon.

ARIANNE

Ok alors on y va !

## ♫ AU BORD

*Je suis au bord de toi*
*Au bord*
*De tomber dans tes bras*
*Je suis au bord des larmes*
*Au bord*
*Du délire d'autrefois*

*Et si je me penche vers toi*
*Est-ce que tu vas*
*Me rattraper*
*Et si je m'approche trop prêt*
*Est-ce que tu vas me dévorer*

*Me dévorer x5*

*Le morceau s'arrête, Arianne commence à faire ses retours. Le groupe, leadé par Théo qui fait un fill de batterie, continue le morceau, Ulysse commence un solo de guitare, laissant Arianne à l'écart.*

*(Aux techniciens.)* Je veux bien moins de basse dans le retour s'il-te-plaît et…

Les gars, les gars… oh les gars !
On peut pas se concentrer deux minutes pour les balances ? Baptiste, tu sais quoi, coupe-moi la guitare dans les retours sur ce morceau, j'en ai pas besoin.
Ok on reprend.

*Ulysse pose la guitare et s'en va.*

Tu fais quoi Ulysse ? Ulysse ?

*Ulysse passe devant Paul et sort.*

Il fait quoi ?

PAUL

Il a dit pause clope.

ARIANNE

Pause clope, bah bien sûr, on a même pas commencé,

vous savez quoi, allez tous en pause clope ! Non non allez-y, partez !

*Ils sortent. Léa revient en arrière.*

LÉA

Arianne ? Ça va ?

ARIANNE

Je sais pas.

LÉA

Vous en avez parlé ?

*Arianne acquiesce et s'affaisse.*

Merde ça s'est mal passé ?

ARIANNE

Je sais pas.

LÉA

Mais qu'est-ce qu'il a dit ? Vous allez le garder ?

ARIANNE

Putain je sais pas, je sais pas Léa d'accord !? C'est quoi toutes ces questions !? Pardon... Pardon, je suis désolée.

OLGA

Nous voilà de retour avec Arianne, qui nous fait l'immense honneur d'être avec nous ce soir pour le dernier concert de sa tournée.

LÉA

C'est pour toi que je demande Ary.

OLGA, *MONTRANT LA POCHETTE À L'IMAGE*

Je vous montre son nouvel album "La Chute".

ARIANNE

Je sais, mais là j'ai pas envie d'y penser ok, j'ai juste besoin d'un peu de calme...

LÉA

Ça marche. T'as besoin de te concentrer.

## Scène 4

OLGA

C'est bon vous l'avez ? J'en profite pour remercier Nathan à la réalisation qui fait un superbe travail.

NATHAN

Oh y a pas de quoi hein, c'est mon boulot. J'ai l'habitude de filmer ce genre d'émissions alors c'est assez facile pour moi de passer d'un plan à l'autre, même avec une seule caméra ça apporte un côté assez brut et réaliste, je crois que les gens recherchent vachement ce genre de proximité avec l'artiste, l'esthétique à la Lynch et Gilliam qui ouvre un espace onirique dépourvu de sens mais qui nous touche en plein cœur, un peu comme votre musique, il est exceptionnel votre dernier album d'ailleurs, j'avoue que c'est totalement ma came - éra.

OLGA

Merci Nathan !

ARIANNE, *REGARDE NATHAN*

C'est drôle Nathan, j'ai l'impression qu'on s'est déjà vu... On se connaît non ?
Non ?... Pardon...

OLGA

*(Un temps, elle regarde Nathan et guette la réaction d'Arianne.)* Arianne, ce nouvel album est particulièrement intime, vous parlez d'amour, de rupture, de solitude aussi, vous vous livrez comme vous ne l'avez jamais fait auparavant.

ARIANNE

Oui, c'est vrai que dans cet album j'ai eu besoin de parler de choses plus personnelles. C'était un peu ma manière à moi de dédramatiser.

OLGA

Dédramatiser quoi précisément ?

ARIANNE

La vie, les problèmes... On est quand même une génération de dépressifs, on ne va pas se le cacher, non ? Alors je trouvais ça pas mal d'essayer de se rappeler que l'expérience d'exister c'est quand même assez fou ! Je trouve qu'on a vite tendance à l'oublier, moi la première.

OLGA

Ce que personne n'oubliera jamais, c'est ce morceau *(On entend le morceau en fond sonore.)*, « Avec toi », co-écrit avec Ulysse je crois, votre guitariste ?

ARIANNE

Oui c'est ça.

OLGA

C'est un morceau fort, qui parle d'un amour immense. Ça nous donne tous envie d'aimer quelqu'un comme ça dans sa vie, moi ça me donne envie en tous cas, et d'être aimé en retour bien sûr.

ARIANNE

Bah tant mieux.

OLGA

Et alors, Ulysse et vous, c'est toujours l'amour fou ?

ARIANNE

Ulysse et moi, Ulysse...
« Il m'aime ; et s'il m'en faut séparer quelque jour,
Je pleurerai sa mort, et non pas son amour. »

OLGA

C'est de qui ?

ARIANNE

Corneille. Je préfère citer un auteur qui répond mieux à la question que moi.

OLGA

C'est fou, après tout ce temps, il n'y a jamais eu de moments où c'était dur, de partager la scène et votre vie intime ?

ARIANNE

Si bien sûr...

OLGA

Vous semblez vous en vouloir, c'est quelque chose qui vous arrive souvent ?

ARIANNE

De m'en vouloir ? Oui. Tout le temps.

OLGA

Il y a d'autres choses pour lesquelles vous vous en voulez, que vous regrettez peut-être ?

*Arianne semble réfléchir mais ne dit rien.*

Arianne, on est entre nous. On peut dire que tout semble vous réussir depuis vos débuts et pourtant, je vous vois là devant moi, et vous semblez regretter quelque chose.

ARIANNE

Vous croyez que je « cache » quelque chose ?

OLGA

Mais on cache tous des choses, non ? Arianne, dites-moi honnêtement, quelle est votre « Dark side of the moon », quelle est la part d'ombre à votre tableau ?

ARIANNE

Écoutez mes morceaux je pense que c'est plutôt clair...

OLGA

C'est-à-dire ?

ARIANNE

Je pense que tout est dit dans mes chansons. Je crois que la musique ça sert à ça justement, ça sert à exprimer cette part d'ombre. Je pourrais pas chanter si j'utilisais pas les monstres qui sont en moi, et on en a tous d'ailleurs, sinon on serait sans lumière, sans relief ce serait pas très intéressant. Sauf que moi j'ai la chance folle de pouvoir les faire "sortir de moi" ces monstres ! Pouvoir écrire sur ses failles, sur les épreuves qu'on traverse c'est un pouvoir incroyable, et qui peut vraiment aider les gens ! Comme les tragédies antiques par exemple, les personnages sont tous désespérés, déchus ou trahis, mais le public quand il voit ça, ça l'anime, ça le touche en plein cœur. Et c'est pas de la complaisance dans la tristesse, au contraire, je crois qu'en parlant aux gens de nos blessures, on les incite à retrouver de la compassion, parce que chacun peut se reconnaître dans ce que l'on raconte. Enfin, de toute façon, tout ça, c'est juste une façon comme une autre d'aborder l'éternel problème.

*OLGA*

Quel problème ?

*ARIANNE*

La vie... Comment vivre sa vie ? Donc moi ce soi-disant secret, cette part d'ombre dont vous parlez, je la cache pas, je la chante. J'essaie d'être la plus sincère, et la plus à nue possible parce que je pense que c'est comme ça qu'on touche les gens.

*OLGA*

Merci Arianne, pour votre sincérité et cette belle réponse qui vous ressemble. Je vous le rappelle, nous sommes en direct avec Arianne, on se retrouve après ça.

*♫ GÉNÉRIQUE « OLGA VOUS ÉCOUTE »*

*LÉA*

Bon, on s'arrête ?

*PAUL*

Non on l'attend.

*ARIANNE*

Je vais prendre l'air.

*LÉA*

Ulysse, tu sais où elle est ?

*OLGA*

Allez-y bien sûr, bravo Arianne, vous vous en sortez très bien.

# Scène 5

ARIANNE

Désolée, je me sentais pas très bien, j'avais besoin de prendre l'air, je crois que je suis un peu stressée en fait... Pardon Ulysse...

*Elle va embrasser Ulysse, en se penchant vers lui elle renverse un peu de son verre sur lui.*

T'inquiètes c'est juste un verre.

ULYSSE

Juste un verre ?

*Ils rient tous.*

OLGA

Arianne, ça s'est vraiment passé comme ça ?

♫ GÉNÉRIQUE « OLGA VOUS ÉCOUTE »

*La scène reprend au début.*

LÉA

Bon, on s'arrête ?

PAUL

Non on l'attend.

ARIANNE

Désolée, je me sentais pas très bien, j'avais besoin de prendre l'air, je crois que je suis un peu stressée en fait... Pardon Ulysse...

*Elle va embrasser Ulysse, plus troublée et vacillante qu'avant. En se penchant vers lui elle renverse une grande partie de son verre sur lui.*

C'est juste un verre.

ULYSSE

Juste un verre ?

OLGA

Arianne, ça va ?

♫ GÉNÉRIQUE « OLGA VOUS ÉCOUTE »

*La scène reprend au début.*

LÉA

Bon, on s'arrête ?

ARIANNE

Désolée, je me sentais pas très bien, j'avais besoin de prendre l'air, je crois que je suis un peu stressée en fait…

ULYSSE

C'est quoi ça ?

ARIANNE, *SANS COMPRENDRE LA RÉACTION D'ULYSSE, ESSAYANT DE REJOUER LA SCÈNE*

Désolée, je me sentais pas très bien…

ULYSSE

Arianne je te parle !

ARIANNE

*(Perdue, refaisant les gestes, les autres la regardent sans comprendre ce qu'elle fait.)* J'avais besoin de prendre l'air, je crois que je suis un peu stressée en fait… Désolée, je me… désolée…

ULYSSE

Arianne !

*Elle lui jette le verre au visage.*

C'est quoi ça ?

*ARIANNE*

C'est juste un verre.

*ULYSSE*

C'est juste un verre ?

*ARIANNE*

Arrête, Ulysse !

*ULYSSE*

Pardon ? C'est à moi que tu dis d'arrêter ?

*PAUL*

Ulysse.

*ULYSSE*

Quoi Ulysse ? Qu'est-ce qu'il a Ulysse ? Et toi, qu'est-ce que t'as ?

*PAUL*

Ça sert à rien qu'on s'énerve, là.

*ULYSSE*

Pardon, j'ai pas l'impression d'être celui qui arrive complètement bourré en balances.

*THÉO*

Elle va assurer, comme toujours.

*ULYSSE*

Elle va assurer mais de quoi tu parles Théo -

*LÉA*

Ulysse, c'est bon, c'est pas grave -

*ULYSSE*

C'est en train de me rendre dingue, elle se déchire la gueule depuis ce matin, elle arrive bourrée en balances avec un putain de « verre » à la main et personne ne va rien lui dire ? Personne ? Tu veux faire un coma éthylique sur scène c'est ça ? C'est à ça que tu veux ressembler, vraiment ?

*Il va pour sortir.*

Les rockeuses de vingt-sept balais qui terminent leur carrière dans leur vomi, c'est sans moi.

ARIANNE

Je crois que je ne me souviens pas très bien de ce qu'il s'est passé.

OLGA

Aucun problème Arianne, je pense que personne ne va vous en tenir rigueur, vous avez sûrement vécu des moments très intenses émotionnellement pendant cette tournée, il est normal qu'il y ait une part de mystère à...

ARIANNE

Non il y a pas de mystère Olga, il y a pas de mystère, c'est juste que ça se mélange un peu dans ma tête.

OLGA

La prochaine fois faites comme moi ! (*Elle agite ses petites fiches en souriant goguenardement.)* Avec ça, je ne me trompe presque jamais ! Pas vrai Nathan ?

NATHAN

C'est vrai que vous ne posez jamais deux fois la même question, c'est hyper frais et spontané, parce que par exemple si moi j'essayais de faire ce que vous faites, j'aurais l'air malin, je veux dire, je poserai des questions qui se ressemblent, puis je ferai que de parler parce qu'une fois qu'on me lance moi je m'arrête plus hein en même temps c'est parce que j'ai plutôt l'habitude d'écouter quand les gens parlent donc quand on me donne la parole j'imagine que j'ai pas envie de la redonner, mes amis me disent toujours « mais quand est-ce que tu t'arrêtes de parler Nathan c'est infernal quelle pipelette ? » mais c'est sûrement parce que j'ai peur de créer un « blanc d'après », donc par peur du « blanc d'après » je préfère continuer de parler, comme ça pas de silence, pas de silence pesant, d'attente pesante de la suite du genre « De quoi on va bien pouvoir parler maintenant c'était gênant » alors qu'avec vous on a l'impression d'assister à une vraie conversation entre deux amies au coin d'un feu pendant un séjour détox dans une maison de famille dans l'Aveyron, c'est chaleureux et en même temps rude, un peu comme vous Olga. Enfin je veux dire vos questions.

OLGA

Merci Nathan.
On va reprendre tranquillement.

NATHAN

Oui d'accord, pardon. J'ai trop parlé ?

OLGA

Tout va bien.

NATHAN

J'ai trop parlé.

OLGA

Tout va bien.
Arianne, revenons-en, si vous le voulez bien à votre musique. Si vous deviez citer un artiste en référence, ce serait qui ?

ARIANNE, *AGITÉE, COMME EN MANQUE, ELLE PEUT PRENDRE L'ESPACE*

Un seul artiste ? Oula, je sais pas... Nick Cave ? Non mais je peux pas en dire qu'un, Ian Curtis, Janis Joplin, Jim Morrison, Amy Winehouse... je suis complètement fascinée par leur façon de s'emparer de la musique. Et par la façon dont la musique s'empare de leur corps aussi. C'est inexplicable, ils sont possédés ces gens-là. C'est comme s'il y avait quelque chose en eux qui brûle, qui irradie. Et moi ça me touche profondément, ça me donne envie de brûler avec eux.

OLGA

C'est ça une artiste pour vous, Arianne ? C'est quelqu'un qui doit brûler ?

ARIANNE

Ha bah oui quand même, si vous êtes pas capable d'allumer un bon petit feu en vous, je vois pas comment vous pouvez chauffer une salle entière. Il faut que tout brûle, le corps, les yeux, la bouche, il faut être un vrai dragon.

OLGA

Un dragon, waouh.

ARIANNE

Oui, ça peut être dangereux, faites attention à vous Olga...

OLGA

Presque tous les artistes que vous avez cités sont morts jeunes. Pourquoi vous les admirez autant ?

ARIANNE

Non mais je les admire pas parce qu'ils sont morts ! C'est juste que... *(Elle pèse ses mots.)* Ce sont tous des comètes solitaires. C'est ce qui fait leur beauté. Ce sont tous des âmes qui n'avaient que des paradoxes à offrir.

OLGA

Vous aussi, vous avez cette sensation ?

ARIANNE

Quelle sensation ?

OLGA

De n'avoir que des « paradoxes à offrir » ?

ARIANNE

Oui, tout le temps.

OLGA

Arianne, je crois que ce que beaucoup d'entre nous aimeraient avoir, c'est un moment privilégié avec vous.

Un moment « entre amies » comme l'a si bien dit Nathan. Vous voulez bien nous chanter quelque chose ?

ARIANNE

Là maintenant ?

*Paul et Théo apportent une guitare et remettent le pied de micro debout.*

OLGA

Si ça vous va, pourquoi pas « BANG BANG » c'est votre morceau emblématique, celui qui nous a tous marqués à vos débuts. Regardez, on a même une guitare qui est prête !

ARIANNE

Bon ok.

*À pas feutrés je descends l'escalier*
*Les pieds qui courent sur le plancher*

*Engourdie par la nuit froide*
*Qui s'immisce dans mon corps*
*Tétanisée par les drames*
*Qui sévissent dans mon cœur*

*On entend la foule.*

C'est toujours avec ce morceau qu'on finit le concert…

OLGA

Arianne ?

ARIANNE

Oui ? Pardon, je me suis un peu perdue c'était quoi la question ?

# FRAGMENT II

*NATHAN*

Ok, on y va dans 30 secondes, merde à tous !

*THÉO*

C'est quoi déjà le premier morceau ?

*PAUL*

Ah non mais t'inquiètes tu joues pas ce soir on a un vrai batteur qui arrive.

*Ils rient et se mettent en cercle, bras dessus bras dessous.*

*ARIANNE*

Bon les gars, ça y est, c'est le dernier concert de la tournée alors merci, c'était fou de vivre ça avec vous chaque soir, merci d'avoir toujours été là. Vous entendez le bruit qu'ils font là, ils attendent que nous, alors quoiqu'il arrive ce soir, jouez comme si c'était la dernière fois !

*TOUS*

BANG !

*OLGA*

Vous sembliez vraiment soudés pendant cette tournée, encore plus que les précédentes, et pourtant, quand vous regardez votre groupe à ce moment-là, il se passe quelque chose en vous de spécial, non ?

*ARIANNE*

Comment vous le savez ?

*OLGA*

C'est mon métier ! Pas vrai Nathan ?

*NATHAN*

Oui, c'est vrai que vous êtes toujours au courant de tout, cette espèce d'omniscience hors du commun alliée à ce flair sur les personnalités des gens, on dirait une enquêtrice du FBI, mais je vais peut-être par repartir dans un monologue gênant avec des comparaisons improbables – *(Voyant Arianne pouffer.)* Pourquoi tu, pardon, vous, pourquoi vous rigolez ? Pardon.

*ARIANNE*

Ah non non on peut se tutoyer ça va.

*OLGA*

Ne lui en voulez pas, Nathan était tellement impatient de vous rencontrer, il a tendance à brûler les étapes.

*NATHAN*

C'est vrai que je perds patience, avec l'âge.
Je suis une espèce de Benjamin Button inversé, ce qui ne veut rien dire parce que c'est lui qui est inversé à la base olalah je dis n'importe quoi j'ai besoin d'une pause je crois.

*Arianne et Olga rient de bon cœur.*

*NATHAN, RIANT AUSSI*

Je te fais rire ?

*ARIANNE*

Bah oui, oui tu me fais rire. *(Riant de plus belle, surprise par cette émotion.)* Ça fait du bien. *(Elle rit encore. N'arrivant plus à s'arrêter de rire, elle sort.)* Attendez-moi je reviens pardon.

*OLGA*

Arianne ? Ça va ?

*ULYSSE*

Je m'en occupe.

*Vidéo où on suit Ulysse en coulisse qui cherche Arianne.*

THÉO

Bon bah on est reparti pour une petite visite des coulisses visiblement. C'est l'épisode 2, vous avez prévu de faire une saison entière ou quoi ?

PAUL

Je me souviens, j'avais six ans quand mon père m'a emmené ici c'est en 87. J'en avais jamais vu avant...

THÉO

Oui oui mur porteur, on a compris je crois...

OLGA

C'était souvent comme ça pendant la tournée ?

PAUL

Plus ou moins. C'était pas tous les jours facile, la tournée était très attendue par les fans.

THÉO

On a fait complet partout ! C'était une tournée de dingue.

OLGA

Arianne dit souvent que vous l'avez beaucoup aidé à tenir.

PAUL

Oui. Enfin, je veux dire, c'est normal d'être là pour elle. C'est elle qui est au devant de la scène

OLGA

Mais Arianne c'est vous aussi !

*2ème partie de la vidéo où l'on voit Léa pleurer.*

PAUL

C'est vrai que pour nous aussi parfois, c'est pas évident de gérer cette vie-là mais...

*THÉO*

Mais je crois qu'on se rend pas compte de la différence qu'il y a entre Arianne et nous.
Et de la pression qu'elle a sur les épaules.

*PAUL*

Elle a plus d'intimité, plus de vie privée. Les gens veulent tout savoir d'elle, les médias qui la harcèlent...

*THÉO*

Les gens qui veulent des selfies tout le temps ! Et le nombre de lettres qu'elle reçoit ! On en lit parfois, y'a des pépites !

*PAUL*

On sait que c'est de la fascination tout ça mais au bout d'un moment c'est beaucoup, beaucoup trop.

*OLGA*

Quand on monte sur scène, on peut s'y attendre et c'est même un peu ce qu'on recherche non ?

*PAUL*

La notoriété ?

*THÉO*

Grave !

*PAUL*

Non, non. Arianne a pas du tout fait de la musique pour ça, je crois qu'elle aurait adoré écrire des chansons pour elle, pour ses proches.

*THÉO*

Ari elle est comme tout le monde, c'est normal qu'elle ait besoin de s'échapper un peu de tout ça.

*Nouvelle vidéo sur laquelle Arianne boit.*

OLGA

Comment on s'en échappe ? Mais je sais pas moi, vous êtes fortes.

THÉO

Eh vous êtes forte.

*Rires.*

PAUL

Quand on est l'idole de millions de personnes, on peut plus s'appartenir. Donc Arianne doit parfois besoin d'oublier qu'elle est Arianne.

THÉO

Et nous on fait le max.

OLGA, *S'ADRESSANT À LA VIDÉO*

Arianne ? Votre rencontre à tous les cinq, j'ai cru comprendre que c'était un peu un hasard non ?

♫ **INTRO GUITARE** (PULL THE TRIGGER)

ARIANNE, *ENTRE SUR SCÈNE AVEC NATHAN QUI LA SUIT*

Je crois pas au hasard.

OLGA

Vous voulez bien nous raconter ?

ARIANNE

Ils avaient un groupe avant, c'était Ulysse le leader. Je les ai vu en concert dans un bar et je suis tout de suite tombée amoureuse de leur musique, de chacun d'eux en fait, enfin surtout de Ulysse.

OLGA

Comment vous avez intégré le groupe ?

ARIANNE

Je me suis pointée à une de leur répétition dans un garage.
Au début j'ai fait des chœurs et très vite j'ai pris le lead.
Et on a pas pu s'arrêter, on a passé toute la nuit ensemble et au petit matin on avait presque composé un album.
Et voilà, ça fait dix ans que ça dure.

*Arianne voit à l'écran Ulysse et Léa qui s'embrassent.*

OLGA

Arianne, ça va ?

NATHAN

Arianne ?

ARIANNE

Oui oui ça va pardon, j'ai mal à la tête.

OLGA

On peut avoir quelque chose Nathan ?

ARIANNE

Non non, ça va.
Ça va.
J'ai juste besoin de...

*Ulysse commence un morceau. Il est rejoint par le groupe.*

## ♫ PULL THE TRIGGER

*When I pull the trigger*
*When I pull the trigger*
*In my cup of tea I put some sugar*
*I smoke my cigaret*
*Looking the bullet hits your head, split your crane...*
*Spreading all the brain*
*On my kitchen's wall*

*When I pull the trigger*
*I just believe your voice*

*And I wanna*
*For the first and the last time in your life*
*Where you gonna in my mind*
*To see me when I am*
*A real asshole*

*ARIANNE*

Mais les gars c'est quoi ce son ? Il est fou, vous vous rendez compte de la puissance que vous envoyez là ? C'est incroyable, c'est un de vos vieux morceau c'est ça ?

*THÉO*

Ouais j'avais envie qu'on se fasse un de nos vieux sons.

*LÉA*

Ils sonnent pas trop mal encore je trouve, non ?

*ARIANNE*

Non mais c'était tellement bien ce groupe sans moi ! Mais attendez on devrait le reprendre ça serait incroyable, c'est quoi les paroles ? « When I pull de trigger » c'est ça ? Ce serait génial non ? « When I pull the triggerrrr » Vas-y Ulysse prend le lead, c'est ton groupe non ? Vas-y chante, channnte !

*ULYSSE*

Arrête, arrête, Arianne putain ARRÊTE !

*ARIANNE*

Ça va Ulysse, calme-toi, c'était une blague.

*ULYSSE*

Et ton état c'est une blague ?

*ARIANNE*

Reste, non reste Ulysse, reste !

*ULYSSE*

J'ai pas envie de rester, dans ton état ça sert à rien.

ARIANNE, *BRANDISSANT UN REVOLVER*

Tu vas où ?

*Tout le monde se tend, stupéfait.*
*Arianne les fixe, puis explose de rire.*

ARIANNE

Oh vos têtes, hahaha putain les gars, il est pas chargé ! Il est pas chargé ok ! Je me suis dit que ça serait bien de ramener un peu de spectacle ! Un peu de grandiose pour finir en apothéose. Un peu de frisson quoi ! Alors au lieu de mimer le flingue à la fin du concert, je me suis dit que j'allais en prendre un vrai cette fois, c'est génial non ?

OLGA

Vous leur avez dit ça ?

ARIANNE

Je crois oui.

ULYSSE

T'es vraiment malade, Arianne.

ARIANNE

Mais qu'est-ce que t'as toi ? Depuis quand je te pose un problème ? Depuis quand t'as oublié qui j'étais ? Mon amour, c'est moi, je suis là !

LÉA

Bon nous on va vous laisser.

ARIANNE

Mais non, reste Léa. Pourquoi tu pars, hein ?
Ça te dérange que je parle à Ulysse ?

LÉA

Pourquoi tu dis ça ?

*ARIANNE*

Et toi depuis quand tu trouves mes idées folles ? Qu'est-ce qui a changé entre nous ? Entre nous tous ! Qu'est-ce qui s'est passé ? Qu'est-ce qui s'est passé ? Ulysse, Ulysse !

*LÉA*

Pourquoi t'as dit ça Ary ?

*Léa se jette sur Arianne, Théo et Paul la retiennent.*

*ARIANNE*

Putain j'ai mal à la tête.

*OLGA*

Arianne ?

*PAUL*

Ary ça va ?

*THÉO*

Ça se voit que ça va pas !

*ARIANNE*

Taisez-vous.

*OLGA*

Arianne, je suis là.

*ARIANNE*

Laissez-moi, lâchez-moi, tous !

*LÉA*

Faut appeler les secours !

*ARIANNE*

VOS GUEULES PUTAIN, VOS GUEULES !

*ULYSSE*

Ary, Ary reste avec moi.

*ARIANNE*

Le concert...

Le concert va commencer...

OLGA

Arianne, je suis là, respirez.

ARIANNE

*BANG, BANG, BANG*
*Tire-toi, avant que je te tire toi*
*BANG, BANG, BANG,*
*Comme une balle, qui traverse ton*

*Le groupe reprend le morceau avec elle.*

*BANG BANG BANG*
*Tire-toi avant que je te tire toi*
*BANG BANG BANG*
*Comme une balle qui traverse ton*

Je sais pas si j'ai déjà raconté d'où venait ce morceau mais c'est comme si je venais de m'en souvenir.

OLGA

Racontez-moi.

ARIANNE, *FAISANT UN EFFORT POUR SE SOUVENIR*

Mon père a quitté ma mère pour une autre femme.
D'abord ma mère a prétendu que tout allait bien.
Et puis un jour elle a lâché tout a lâché.
Je lui en veux pas. Comment je pourrais lui en vouloir.
On a retrouvé son corps.
Le choc de sa mort a été si violent que je ne sais même pas comment je respire encore.
Quelqu'un a veillé sur moi, son esprit peut-être,
Je sais pas mais quelqu'un m'a guidé vers la scène.

OLGA

C'est la première fois que vous en parlez...

ARIANNE

Oui, c'est comme si je venais juste de m'en souvenir,
Alors que non, enfin, je l'ai toujours su. Je veux dire, la mort de sa mère, c'est pas un truc qu'on oublie.
Ce serait absurde non ?
Ça va mieux je crois.

*OLGA*

Arianne, il va falloir qu'on en parle, vous vous en doutez ?

*ARIANNE*

De mes migraines constantes ?

*OLGA*

Depuis quand vous en souffrez ?

*ARIANNE*

À la fin de la tournée c'est devenu vraiment insupportable...

*OLGA*

Vous ne vous dites jamais que ça pourrait être lié à l'accident ?

*ARIANNE*

L'accident ? Pardon mais... quel accident ?

*OLGA*

Arianne, le jour de ce concert, le dernier de votre tournée, rappelez-vous...

*ARIANNE*

J'ai mal à la tête.

*OLGA*

Arianne, vous vous souvenez de l'accident ?

*ARIANNE*

Non !
Non je me souviens pas !

*OLGA*

Arianne.

*ARIANNE*

Arrêtez avec vos questions.

# FRAGMENT III

*NATHAN*

Ok, on y va dans 30 secondes, merde à tous !

*THÉO*

C'est quoi déjà le premier morceau ?

*PAUL*

Ah non mais on t'a pas dit ? Tu joues pas ce soir, il y a un vrai batteur qui arrive.

*LÉA*

Ça fait dix ans qu'on l'attend le vrai batteur...

*Ils rient et se mettent en cercle, bras dessus bras dessous.*

*ARIANNE*

Bon les gars, ça y est, c'est le dernier concert de la tournée alors merci, c'était fou de vivre ça avec vous chaque soir, merci d'avoir toujours été là.
Je voulais juste vous dire une dernière chose, avant d'y aller : vous êtes vraiment ma famille, et vous resterez toujours ma famille. Vous êtes tous là, vous êtes dans mon cœur et vous ferez toujours partie de moi.

*THÉO*

Woh on est dans un truc mystique là !

*PAUL*

T'inquiètes on est là.

*ARIANNE*

Vous entendez le bruit qu'ils font là, ils attendent que nous, alors quoiqu'il arrive ce soir, jouez comme si c'était la dernière fois !

*TOUS*

BANG !

OLGA

Selon vous, pourquoi c'est spécifiquement ce morceau « Bang Bang » qui a autant marché à l'époque ? Quand on regarde les images des lives, on voit votre public en transe, en communion avec vous pendant ce dernier morceau, des gens en larmes…

ARIANNE

Notre public est incroyable.

OLGA

La pression n'est jamais trop forte ?

ARIANNE

Non, la pression, ça tient en vie.

OLGA

À la fin des concerts, tout le monde attend ce dernier morceau avec une intensité rare…

ARIANNE

Oui, la première fois qu'on l'a joué en live les gens ont vraiment cru que j'allais me… enfin, les gens ont commencé à réagir quand j'ai mimé que je me tirais une balle à la fin du morceau, ça les a rendus fous, le groupe aussi.

OLGA

Ulysse aussi ?

ARIANNE

Surtout Ulysse.

*Ulysse apparaît devant l'écran et joue à la guitare le morceau "Toujours"*

OLGA

Vous faisiez comment exactement ?

ARIANNE, *MONTRANT LE GESTE*

Comme tout le monde, bang !

## ♫ TOUJOURS

*Toujours ton cœur contre le mien*
*Toujours fuir le bruit sourd de l'amour, qui prend fin*

ULYSSE
Qu'est-ce que tu fais là ?

ARIANNE
Je t'écoute. Et je bois.

ULYSSE
Pourquoi ?

ARIANNE
Parce que t'es beau.

ULYSSE
Non Arianne, pourquoi tu bois ?

ARIANNE
Pour remplir le vide.

ULYSSE
Quel vide ?

ARIANNE
Si tu me reposes une question je te tue.

ULYSSE
Quel vide ?

ARIANNE
Je vais te tuer.

ULYSSE
Quel vide ?

ARIANNE
Je vais me tuer.

ULYSSE
Mais de quel vide tu me parles ?

ARIANNE

Mais tu ne le vois pas ? Le vide dans mes yeux ? Cette infinité de vide qui m'entoure qui m'enlace et m'empêche de respirer ? Je suffoque, tu le vois pas que je suffoque ? C'est fini Ulysse, tout s'est effondré. Notre musique a perdu son sens, le groupe a perdu sa force. Ma seule famille s'est fissurée, et vous n'êtes plus là.

ULYSSE

Mais si, je suis là.

ARIANNE

Non Ulysse, attends, je t'écoute moi, je me sens seule tu comprends ? Je me sens si seule et cet amour que le public me donne ne me tient pas chaud, c'est toi qui me tenais chaud, c'est toi qui me donnais envie de brûler et de monter sur scène mais même toi, tu disparais. Alors je bois, oui, je bois pour me remplir une bonne fois, parce que ça me tient un petit peu chaud. Je bois parce que tout devient flou dans mon cœur et dans ma tête, je bois pour oublier ce vide qui grandit autour de moi. Je me retrouve seule, tous les soirs, entourée de milliers de gens qui me regardent alors qu'il n'y a personne à l'intérieur de moi, tu comprends, il n'y a plus personne, même pas cet enfant qui grandit en moi. Je veux me noyer de l'intérieur Ulysse. Je veux arracher ce fil qui retient ma main, et qui m'empêche d'en finir.

ULYSSE

Arrête.

ARIANNE

Je ne veux pas cet enfant avec toi Ulysse.

ULYSSE

Arrête.

ARIANNE

Je ne veux pas de ce futur qui n'existe plus entre toi et moi.

*ULYSSE*

Arrête.

*ARIANNE*

Je ne veux pas être mère.

*ULYSSE*

ARRÊTE !

*ARIANNE*

Tu me trompes Ulysse.

*ULYSSE*

C'est faux.

*ARIANNE*

Arrête, Ulysse, arrête.

*ULYSSE*

C'est faux Ary

*ARIANNE*

Arrête de me mentir
Pitié
Arrête
Laisse-moi me noyer
Laisse-moi me remplir
Puis laisse-moi me vider
Tu seras gentil
Je ne te demande pas grand-chose
Juste un peu de compassion.

*ULYSSE*

Mais tu t'entends là ? Tu me parles comme si tu chantais Ary, on est dans la vie là, tu me parles de compassion, moi je te parle d'amour.

*ARIANNE*

Tu ne me parles pas d'amour, tu n'as pas le droit, tu ne sais pas ce que c'est l'amour, tu n'as jamais su ce que c'était que l'amour, personne ne sait ce que c'est l'amour, tout a brûlé, on a tout brûlé, ces gens qui m'applaudissent ils sont morts, il faut forcément être mort pour regarder quelqu'un brûler sur un bucher sans rien faire. Sinon, s'ils ne sont pas morts, ils ne sont pas humains et s'ils ne sont pas humains c'est des monstres. C'est des monstres. Je suis désolée.

ULYSSE

C'est pas grave.

ARIANNE

Non, écoute-moi, Ulysse. Je suis désolée.

ULYSSE

Ok, je t'écoute, t'es désolée de quoi ?
Désolée pour les balances de cet aprem ?
Désolée pour le verre de tout à l'heure, c'était juste un verre c'est ça ?
Désolée pour le mal que tu te fais ?
Désolée pour le mal que tu nous fais ?
Désolée pour notre enfant dont tu ne veux pas ?
Désolée de pas avoir le courage d'être heureuse ?
Désolée de pas avoir envie que ça soit simple ?
Parce que ça pourrait être si simple Ary.
Alors, je t'écoute, t'es désolée de quoi ?

ARIANNE

Je suis désolée de t'avoir volé au monde. Que personne ne puisse te voir avec mes yeux, te connaître avec mon cœur.

ULYSSE

Tu m'as pas volé au monde, Ary.
Tu t'es mise à chanter et moi je t'ai accompagné, c'est aussi simple que ça.
Viens, après ce concert, on se casse.
Qu'est-ce que t'as à prouver aux gens ?
Qu'est-ce qu'on s'en tape des gens, non ?
J'ai pas envie qu'on se perde Ary.
J'ai pas envie de te perdre.
Mon amour.

On s'aime ?
On s'aime, non ?

ARIANNE

Toujours ?

ULYSSE

Toujours.

*Ils s'enlacent. Arianne reste dans les bras d'Ulysse pendant le début de la scène.*

OLGA

Arianne, je peux vous montrer quelque chose ?

*Tout l'échange qui suit est une interview filmée. Ulysse et Arianne la regardent dans les bras l'un de l'autre.*

OLGA

Arianne, si on vous demandait d'abandonner le chant ou la composition, lequel choisiriez-vous ?

ARIANNE

Je me trancherais la gorge si je devais choisir.
Écrire et chanter pour moi ça vient du même endroit.
Si je ne peux pas faire les deux alors je suis morte.

OLGA

Chanter c'est quelque chose de vital pour vous, c'est ça que vous voulez dire ?

ARIANNE

Oui. J'ai toujours cru que les gens se mettent à chanter comme ils se mettent à pleurer ou à rire. J'ai toujours cru que c'est ce que les gens font quand ils sont heureux ou tristes.

OLGA

Vous parlez de vous trancher la gorge.
Ce sont des mots très forts.

*ARIANNE*
Oui.

*OLGA*
Vous y pensez parfois ?

*ARIANNE*
…

*Fin de la vidéo.*

*ARIANNE*
Écoutez Olga, je suis fatiguée…
Je crois que je vais rentrer.

*OLGA*
Où ça ?

*ARIANNE*
Chez moi.

*OLGA*
Où est-ce, chez vous ?

*ARIANNE*
Comment ça ?
J'ai plusieurs endroits je…
Ulysse, tu me ramènes ?

*LÉA*
Arianne ? Ça va ?

*OLGA*
Qu'est-ce qu'il vous a dit ?

*ARIANNE*
Je sais pas.

*LÉA*
Vous en avez parlé ?

*ARIANNE*

Oui.

*LÉA*

Merde ça s'est mal passé ?

*ARIANNE*

Je sais pas.

*OLGA*

À ce moment-là, qu'est-ce qu'il vous a dit ?

*ARIANNE*

Je sais pas.

*LÉA*

Mais qu'est-ce qu'il a dit ? Vous voulez pas le garder ?

*ARIANNE*

Je sais pas ! Mais putain c'est quoi toutes ces questions.
Je sais pas, je sais pas, d'accord.

*OLGA*

On va s'arrêter là.

*ARIANNE*

Pardon, excuse-moi.

*LÉA*

C'est pour toi que je demande Arianne.

*ARIANNE*

Je sais mais là j'ai pas envie d'y penser d'accord ? J'ai juste besoin de calme.

*LÉA*

Ça marche. Je te laisse au calme.
Juste, Arianne, je voulais te dire...
Je sais pas ce que tu t'imagines, je sais pas ce que tu prépares mais je te connais.
Je sens qu'il y a un truc que tu me dis pas.
Je veux pas que ça s'arrête après cette tournée.

Tu t'éloignes, pas que d'Ulysse, mais de nous tous. C'est l'horreur de te voir comme ça.

*ARIANNE*

Tu préférerais que je sois pas là, c'est ça hein ?

*LÉA*

Je prends soin de toi depuis qu'on se connait, pourquoi tu voudrais que ça change ?

*ARIANNE*

Je sais pas, à toi de me dire.

*LÉA*

Te dire quoi ?

*ARIANNE*

Tu sais très bien.

*LÉA*

Te dire quoi ?

*ARIANNE*

Arrête !

*LÉA*

Te dire quoi !

*ARIANNE*

Dis-moi pour toi et Ulysse !

*LÉA*

Mais pour qui tu me prends ?

*ARIANNE*

Tu crois que je vois rien, tu crois que je suis aveugle ? Léa répond moi ! Tu crois que je vois pas ce qu'il se passe entre vous ? *(Montrant l'écran.)* Tout le monde l'a vu là, tout le monde le sait ! Avoue Léa putain avoue !

*LÉA*

Tais-toi !

Tu m'écoutes maintenant.
Oui
J'aime Ulysse.
Je l'ai toujours aimé.
C'est comme ça, j'y peux rien, c'est plus fort que moi, j'ai toujours rêvé qu'il m'aime comme il t'aime toi.

ARIANNE

Ah bah...

LÉA

TAIS-TOI !
Qu'est-ce que tu crois, hein ?
Tu crois que c'est facile de te voir tous les jours avec lui ?
Tu crois que c'est facile d'être cachée derrière mes claviers, à vous regarder vous emballer sur scène pour faire le show ?
Tu crois pas que je me dis tous les soirs, dans ma chambre d'hôtel après le concert : « putain c'était le dernier concert. Le dernier. J'irai plus » ?
Tu crois que j'aime m'infliger ça ?
Bien sûr que je l'aime !
Qu'est-ce que ça change ?
Je l'aimais avant même que t'arrives, alors dis-moi, qu'est-ce que ça change ?
Tu te sens vraiment en danger, là ?
T'as besoin d'encore plus m'humilier ?
Je veux dire
Humilier une personne de plus ?
C'est quoi ton putain de problème, Arianne, qu'est-ce qui te manque ? Pourquoi est-ce que t'as tellement besoin de faire du mal à tous ceux qui t'aiment ?

ARIANNE

...

LÉA

Réponds-moi.
Mais réponds-moi bordel !
Je t'ai répondu, alors réponds-moi !
À quoi ça t'a servi de me demander ça maintenant ?

Tu veux pas me demander ça ce soir devant tout le monde, ça sera peut-être encore plus sympa non ?
Hein, regarde, elle est pas mal cette scène qu'est-ce que t'en penses ?
Tiens, t'as qu'à commencer par frapper ton batteur, cracher sur ton bassiste et sucer ton guitariste, puis venir essuyer ta merde sur mes claviers, non, c'est pas mal ça, qu'est-ce que t'en penses ?
Tu crois que tu souffres ?
Tu t'es prise pour une martyre en fait c'est ça, t'as eu une révélation divine ?
Mais en quoi est-ce que tu crois. Arianne ? En quoi est-ce que tu crois ?
Je vais te le dire.
Tu crois en rien.
Si seulement tu pouvais commencer par croire en toi. Commencer par croire au miracle que tu as, là. Tu veux sauver des vies en chantant, c'est ça ? Mais commence par sauver la tienne de vie.
Ça fait combien de temps que tu te défonces la gueule de médicaments ? C'était quand la dernière fois que tu t'es juste autorisée à vivre ?
Ce soir, c'est le dernier concert de cette putain de tournée.
Moi je ferai ma part alors démerde toi pour que ça soit gigantesque.
Déchaîne toute ta rage quand tu seras derrière le micro, déteste-moi si ça peut t'aider, vas-y, piétine-moi, je m'en fous. Je suis plus à ça près.

## ♫ Comme des ombres

*Transe d'Arianne.*

OLGA

Des dommages mentaux mais aussi physiques. La thérapie que vous avez décidé de mener est longue et délicate, mais je vous assure que…

*ARIANNE*

Excusez-moi, je me souviens plus de la question…

*NATHAN*

Je n'en peux plus, stop, on arrête tout.
Je ne supporte plus de voir ça.
Je ne supporte plus de la voir comme ça.
Désolé Olga, vous n'y êtes pour rien, c'est trop compliqué pour moi aujourd'hui.

*OLGA*

Nathan, je sais ce que vous vous dites, mais nous allons finir par y arriver. Vous savez que le trauma psychique vient interrompre le sentiment de continuité d'exister, c'est-à-dire que pour l'instant, il est difficile pour Arianne de distinguer ce qui lui est réellement vraiment arrivé.

*ARIANNE*

De quoi vous parlez ?

*NATHAN*

On m'a déjà dit ça avec l'EMDR, puis avec l'EFT, on a appuyé où ça faisait mal pendant des mois, ça n'a rien changé, ça fait plus de deux ans qu'on fait ça tous les jours, qu'est-ce que ça change ? À quoi ça sert ?

*OLGA*

Nathan, pas devant elle. Vous saviez en commençant cette méthode que c'était un long processus, qui demande de l'abnégation, de la précision mais surtout de la patience. En deux ans, nous avons fait des progrès considérables.

*ARIANNE*

De quoi vous parlez ?

*NATHAN*

Je peux pas t'expliquer, je veux pas t'expliquer, encore une fois, Ary, désolé, c'est trop pour moi.

*OLGA*

Très bien, on peut en rester là, on reprendra demain.

*ARIANNE*

Mais moi demain je suis pas là, je suis en studio, j'ai des photos à faire, je comprends rien, expliquez-moi s'il vous plaît.

*OLGA*

Arianne, on va y aller, d'accord ?

*ARIANNE*

Nathan je comprends rien, Nathan...
Nathan explique-moi, Nathan !

*NATHAN*

Pourquoi est-ce qu'il faut toujours que je te raconte les mêmes histoires ? Comment c'est possible ça ? Qu'est-ce qui s'est passé dans ta tête pour que tu te fasses endurer ça ? Et pourquoi moi je reviens tous les jours, avec cette espèce de petit espoir... pourquoi elle se souvient des autres, comment ça se fait qu'elle m'ait oublié moi ?

*OLGA*

C'est pour ça qu'on est là Nathan. C'est le moment de lui dire. Parlez-lui.

*NATHAN*

Arianne, je m'occupe de toi depuis que maman est plus là.
Je t'ai soutenue, je t'ai aidée, je t'ai suivi partout en tournée, tu te souviens ?
Je t'ai filmée, quand t'as gratté tes premiers accords, je t'ai filmée pendant toute la première tournée, puis la deuxième, la troisième...
Tu te souviens ?
Depuis le début j'suis là.
Dis-moi que tu te souviens, Ary.

*ARIANNE*

Je comprends pas.

*NATHAN*

Arianne.
Souviens-toi.
Je te promets.
Souviens-toi.
On est frère et sœur, je ne sais plus comment te le dire autrement.

*ARIANNE*

Je n'ai pas de frère. J'ai jamais eu de frère.

*NATHAN*

Ary, reste avec moi, je t'en supplie. Je ne survivrai pas si tu ne te souviens pas. J'ai besoin que tu te souviennes.

*ARIANNE*

J'ai envie de voir Ulysse.

*NATHAN*

Arianne reste avec moi, ne repars pas dans ta tête, ne repars pas en tournée, laisse tomber tout ça Ary.

*ARIANNE*

Il est où Ulysse ?!

*NATHAN*

Je ne vais pas te répondre.
Je ne veux pas te répondre
Je ne veux pas.

*ARIANNE*

IL EST OÙ ULYSSE ?

*NATHAN*

ARIANNE ! Il est mort.

*ARIANNE*

Nathan ?

*NATHAN*

Il est mort ce jour-là. Il a eu un… « accident ».

*OLGA*

Arianne, vous vous souvenez de quelque chose ?

*ARIANNE*

Je me souviens de la foule. Des gens qui crient.

*OLGA*

Racontez-moi.

*ARIANNE*

Je me souviens d'une infinie tristesse. Je les vois tous, devant moi.

*NATHAN*

Ok, on y va dans 30 secondes, merde à tous !

# FRAGMENT IV

## LE CONCERT

*Dans cette séquence, le groupe joue, on assiste à un vrai moment du concert, plusieurs morceaux s'enchaînent sans texte, on constate la complicité de chacun, les liens forts qui les unissent. Arianne est parfois prise de vertige, d'élans vers Ulysse, elle est entre deux réalités, secouée par les médicaments et les souvenirs qui ressurgissent – elle est en transe, et donne le meilleur concert de sa vie, touchée par la grâce.*

*THÉO*

C'est quoi déjà le premier morceau ?

*PAUL*

Ah non mais t'inquiètes tu joues pas ce soir on a un vrai batteur qui arrive.

*LÉA*

Ça fait 10 ans qu'on l'attend le vrai batteur...

*ULYSSE, À THÉO*

Et crois-moi c'est long, dix ans à attendre avec toi.

*ARIANNE*

Bon les gars, ça y est, c'est le dernier concert de la tournée alors merci, c'était fou de vivre ça avec vous chaque soir, merci d'avoir toujours était là.
Et je voulais juste vous dire une dernière chose, avant d'y aller :
Pour moi Arianne c'est plus qu'un groupe, et ça, ça changera jamais et même quand on arrêtera, même si on se sépare un jour, ou même quand on sera morts les gens écouteront notre album et ils penseront à nous

ensembles. Pour eux, on sera toujours une famille. Et pour moi aussi, vous serez toujours ma famille.

*NATHAN*

Hé oh, c'est moi ta famille hein !

*ARIANNE*

Mais oui t'inquiète je t'oublie pas toi !

*THÉO*

Tu fais trop de bruit pour qu'on t'oublie…

*PAUL*

C'est toi qui dis ça ?

*ARIANNE*

Vous êtes tous là, vous êtes dans mon cœur et vous ferez toujours partie de moi. Vous m'avez toujours soutenue, vous y avez toujours cru et je sais même pas comment je tiendrais debout aujourd'hui sans vous, alors je vous promets que j'oublierai jamais tout ce que vous avez fait. Et si jamais je l'oublie un jour, rappelez-moi tout ça.

*THÉO*

Woh on est dans un truc mystique là !

*ULYSSE*

Compte sur nous pour te rappeler les choses oui.

*PAUL*

T'inquiètes on est là.

*ARIANNE*

Vous entendez le bruit qu'ils font ? Ils attendent que nous, alors quoi qu'il arrive ce soir, jouez comme si c'était la dernière foi ok ?

*TOUS*

BANG !

## ♫ LE FIL

*J'ai perdu le fil*
*Je suis venue à bout*
*Du bout de bobine*
*Qui me restait de nous*

*J'ai coupé le fil*
*Je suis venue à bout*
*De l'histoire qui termine*
*Juste dans là, devant nous*
*...*
*Je cherche, je cherche Je cherche à comprendre*
*Je perds, je perds le Nord*
*Je sens, je sens*
*Que malgré mes efforts*
*Je sens que*
*Je t'aime ... encore*

*ARIANNE*

BONSOIR !

## ♫ COMME DES OMBRES

*Fuir dans la nuit*
*Évasion*
*Et rejoindre les ombres*

*Fuir avant l'aube*
*Oublier le passé*
*Les fantômes*

*La route s'efface peu à peu*
*On oublie tous les deux*
*La violence et le feu*
*Ne me quitte pas des yeux*
*Pas des yeux*
*Pas des yeux*

*Ton regard dangereux*
*Ton regard dangereux*

*Dévorer tes lèvres,*
*Ta bouche*
*On se fixe comme des ombres*

*Le temps s'arrête*
*Tu souries*
*On soupire et on sombre*

*La route s'efface peu à peu*
*On oublie tous les deux*
*La violence et le feu*
*Ne me quitte pas des yeux*
*Des phares qui brûlent*
*On se fige, on s'envole tous les deux*
*Un éclair, tout prend feu*
*Ne me quitte pas*

*Ton regard dangereux*
*Ton regard dangereux*

*ARIANNE*

Merci !
Il fait chaud ici... vous allez bien ?
Nous ça nous fait tellement plaisir de revenir ici.
C'est ici qu'Arianne est née, devant vous.
Arianne... Arianne...
Est-ce que ça vous est déjà arrivé de penser que votre prénom avait un rapport avec votre destin ?
Si en naissant, vos parents vous avaient donné un nom et avec lui un chemin tout tracé ?
Moi mes parents m'ont appelée Arianne !
Ils m'ont donné le nom d'une oubliée de la mythologie.
Son amant pour qui elle a tout quitté l'abandonne sur une île et prend le large avec une autre, voilà, ils m'ont donné le prénom d'une femme trahie, bafouée, abandonnée.
Mais vous savez quoi ?
Moi je l'aime ce prénom.
Je l'aime parce que c'est le nom de ce groupe.
Je l'aime, et je l'aime tellement que ce soir, je veux changer son histoire.
Ce soir on recommence tout, Arianne va naître devant vous à nouveau.
Ce soir la musique reprend le pouvoir.
Ce soir Arianne reprend le pouvoir.

## ♫ LA CHUTE

*Dans un vertige serrée contre toi*
*Un pas avant la chute*
*Dernier soupir blottie dans tes bras*
*Un pas avant la chute*
*Un pas avant la chute*

*Laissez-moi*
*Tomber*
*Laissez-moi*
*- Sans me relever -*

*Laissez-moi, laissez-moi, ma chute*
*Laissez-moi, laissez, La chute*
*Laissez-moi, laissez-moi, ma chute*

*Dernier regard lancé derrière moi*
*Un pas avant la chute*
*Te savoir libéré de mon poids*
*Un pas avant la chute*

*Laissez-moi*
*Tomber*
*Laissez-moi*
*- Sans me relever -*

*Laissez-moi, laissez-moi, ma chute*
*Laissez-moi, laissez, La chute*
*Laissez-moi, laissez-moi, la chute*

*ARIANNE*

Merci !
Ha c'est bon de vous entendre chanter avec nous.
Ça va les gars ? On ferait pas une petite pause ? On l'a bien mérité après dix ans ensemble non ?
Venez, posez vos instruments, on va s'allonger là et s'autoriser à rêver un peu, vous pouvez poser la tête sur l'épaule de votre voisin, pour respirer un peu.
On va réfléchir.
C'est drôle de s'allonger là, j'ai l'impression qu'on va convoquer les fantômes, revivre notre tout premier concert.
Vous vous souvenez ? C'était incroyable non ?

C'est fou comme le passé reste en nous, comme on porte en soi tous les souvenirs. Les beaux et les moins beaux... ceux de nos parents aussi, de tous nos ancêtres.
Tout reste et coule dans notre sang.
Mais on dirait que les traumatismes se transmettent mieux que les souvenirs tendres non ?
Pourquoi ?
Le malheur serait-il mieux taillé pour traverser les générations ?

Heureusement, heureusement qu'il y a l'amour, qui nous crame...
Heureusement qu'il y a l'amour qui nous crame pas vrai ?

*Arianne embrasse Ulysse et lui murmure quelque chose à l'oreille.*

## ♫ POUR QUE TOUT BRÛLE

*Imbibe de ton essence*
*Les tâches sur ma peau*
*Écris entre les rides*
*Ton nom s'il le faut*

*Je n'veux plus oublier*
*J'ai trop pleuré pour rien*
*Sans savoir que ma peine*
*Était la faute d'autres mains*

*Pour que tout brûle (x2)*

*Trempe-moi de ton huile*
*De ta sueur de ton sang*
*Mouille-moi tout entière*
*Je ne veux plus être autrement*

*Comme une mer de larmes*
*Prête à être immolée*
*À mettre le feu aux voiles*
*De tous ses passagers*

*Pour que tout brûle (x3)*

ARIANNE

Merci !

## ♫ TOUJOURS

*Un soupir retentit au lointain*
*L'écho d'un souffle retenu*
*Un son étouffé et diffus*
*Qui juste avant d'éclater, s'éteint*

*Toujours*
*Ton cœur contre le mien*
*Toujours*
*Fuir le bruit sourd*
*De l'amour*
*Qui prend fin*

*Un cri qui fait vibrer la terre*
*Tremble mon corps tétanisé*
*Par peur d'une lutte d'enragés*
*Qui sonne le début d'une guerre*

*Toujours*
*Ton cœur contre le mien*
*Toujours*
*Ton cœur contre le mien*

ARIANNE

Merci !
Toujours, toujours, moi je le connais ce sentiment, grâce à cet homme-là, à côté de moi, Ulysse !
Je vous souhaite un jour de ressentir un amour comme ça, un amour tellement fort que vous avez absolument besoin de le chanter.
Et ce soir Ulysse, j'ai envie qu'on leur chante notre amour.
Tu veux bien qu'on fasse notre chanson ?

## ♫ AVEC TOI

*Ta peau est une langue étrangère*
*Que j'apprends à lire sur tes lèvres*
*Doucement, alphabet de mes rêves*

*Ta bouche est une menace, une guerre*
*Qui m'attaque, qui dévore ma chair*
*Je l'attends, il n'y aura plus de trêve*

*Dansent nos corps*
*Dans la nuit*
*Je n'veux pas qu'elle finisse*
*Autrement qu'avec toi*

*ARIANNE*

Merci, merci pour tout...
C'est notre dernier morceau, c'est notre tout dernier morceau.
Alors ce soir, je voudrais le dédier à tous les gens que j'aime.
À tous les monstres et les fantômes qui habitent mes chansons et les rendent plus vivantes.
Merci à eux de m'avoir fait écrire, vivre, chanter...
Je voudrais dédier ce morceau au groupe.
Qui a encore été extraordinaires ce soir.
On peut les applaudir !
Léa au clavier, Paul à la basse, Théo à la batterie et Ulysse à la guitare !
Je le dédie à ma mère et mon frère.
Et enfin à vous tous.
Parce qu'Arianne serait peut-être restée abandonnée sur son île, sans vous.
Merci pour cette grande aventure, c'était incroyable.
Bang bang bang !

## ♫ BANG BANG

*À pas feutrés, je descends l'escalier*
*Les pieds qui courent sur le plancher*

*Engourdis par la nuit froide*
*Qui s'immisce dans mon corps*

*Tétanisés par les drames*
*Qui sévissent dans mon cœur (Bis)*
*BANG BANG BANG*
*Tire-toi avant que je te tire toi*
*BANG BANG BANG*
*Comme une balle qui traverse ton*

*À reculons, je me mets en avant*
*Vers la sortie de ma maison*

*Déchirée par la nuit froide*
*Qui s'invite dans mes creux*

*Aveuglée par les larmes*
*Qui remontent dans mes yeux*

*BANG BANG BANG*
*Tire-toi avant que je te tire toi*
*BANG BANG BANG*
*Comme une balle qui traverse ton*

*Le morceau continue pendant tout ce monologue.*

## ♫ LAMENTO

*Si tu n'es point touché de ma douleur extrême,*
*Rends-moi ton cœur, Ingrat, par pitié de toi-même.*
*Je ne demande point quelle est cette Beauté*
*Qui semble te conduire à l'infidélité*

*Si tu crois quelque honte à la faire connaître,*
*Ton secret est à toi ; mais qui qu'elle puisse être,*
*Pour gagner ton estime, et mérité ta foi,*
*Peut-être elle n'a pas plus de charmes que moi.*

*Qui sait par quel retour ton ardeur refroidie*
*Te feras détester ta lâche perfidie ?*
*Tu verras de mes feux les transports éclatants,*
*Tu les regretteras, il ne sera plus temps.*
*Ne précipite rien ; quelque amour qui t'appelle,*
*Prends conseil de ta gloire avant qu'être infidèle.*
*Vois Ariane en pleurs. Ariane autrefois*
*Toute aimable à tes yeux méritait bien ton choix :*
*Elle n'a point changé, d'où vient que ton cœur change ?*
*Puisque tout m'abandonne, il est pour mon secours*
*Une plus sûre voie, et des moyens plus courts.*

*À la fin de celui-ci, Arianne tend le pistolet vers son visage, regarde tous les membres du groupe une dernière fois, et pointe le revolver sur sa tempe. Ulysse comprend alors ce qui se passe, se précipite sur elle pour l'en empêcher, la bouscule, le coup de feu part, et abat Ulysse qui reste inerte sur scène. Cris de foule en panique.*

*Noir.*

# FIN

# Livret des paroles

## BANG BANG

*À pas feutrés, je descends l'escalier*
*Les pieds qui courent sur le plancher*

*Engourdis par la nuit froide*
*Qui s'immisce dans mon corps*

*Tétanisés par les drames*
*Qui sévissent dans mon cœur*

*(Bis)*
*BANG BANG BANG*
*Tire-toi avant que je te tire toi*
*BANG BANG BANG*
*Comme une balle qui traverse ton*

*À reculons, je me mets en avant*
*Vers la sortie de ma maison*

*Déchirée par la nuit froide*
*Qui s'invite dans mes creux*

*Aveuglée par les larmes*
*Qui remontent dans mes yeux*

*BANG BANG BANG*
*Tire-toi avant que je te tire toi*
*BANG BANG BANG*
*Comme une balle qui traverse ton*

## TOUJOURS

*Un soupir retentit au lointain*
*L'écho d'un souffle retenu*
*Un son étouffé et diffus*
*Qui juste avant d'éclater, s'éteint*

*Toujours*
*Ton cœur contre le mien*
*Toujours*
*Fuir le bruit sourd*
*De l'amour*
*Qui prend fin*

*Un cri qui fait vibrer la terre*
*Tremble mon corps tétanisé*
*Par peur d'une lutte d'enragés*
*Qui sonne le début d'une guerre*

*Toujours*
*Ton cœur contre le mien*
*Toujours*
*Ton cœur contre le mien*

## POUR QUE TOUT BRÛLE

*Imbibe de ton essence*
*Les tâches sur ma peau*
*Écris entre les rides*
*Ton nom s'il le faut*

*Je n'veux plus oublier*
*J'ai trop pleuré pour rien*
*Sans savoir que ma peine*
*Était la faute d'autres mains*

*Pour que tout brûle (x2)*

*Trempe-moi de ton huile*
*De ta sueur de ton sang*
*Mouille-moi tout entière*
*Je ne veux plus être autrement*

*Comme une mer de larmes*
*Prête à être immolée*
*À mettre le feu aux voiles*
*De tous ses passagers*

*Pour que tout brûle (x3)*

## LE FIL

*J'ai perdu le fil*
*Je suis venue à bout*
*Du bout de bobine*
*Qui me restait de nous*

*J'ai coupé le fil*
*Je suis venue à bout*
*De l'histoire qui termine*
*Juste là, devant nous*

*Je cherche, je cherche Je cherche à comprendre*
*Je perds, je perds le Nord*

*J'ai détruit le fil*
*Je suis venue à bout*
*Des gens qui s'inclinent*
*Sans rien savoir du tout*

*J'ai arraché le fil*
*Je suis venue à bout*
*Des coups, des épines*
*De ceux qui m'aimaient mieux recouverte de boue*

*Je cherche, je cherche Je cherche à comprendre*
*Je perds, je perds le Nord*
*Je sens, je sens*
*Que malgré mes efforts*
*Je sens que*
*Je t'aime ... encore*

## LA CHUTE

*Dans un vertige, serrée contre toi*
*Un pas avant la chute*
*Dernier soupir, blottie dans tes bras*
*Un pas avant la chute*
*Un pas avant la chute*

*Laissez-moi*
*Tomber*
*Laissez-moi*
*- Sans me relever -*

*Laissez-moi, laissez-moi, ma chute*
*Laissez-moi, laissez, La chute*
*Laissez-moi, laissez-moi, ma chute*

*Dernier regard lancé derrière moi*
*Un pas avant la chute*
*Te savoir libéré de mon poids*
*Un pas avant la chute*
*Un peu avant ma chute*

*Laissez-moi*
*Tomber*
*Laissez-moi*
*- Sans me relever -*

*Laissez-moi, laissez-moi, ma chute*
*Laissez moi, laissez, La chute*
*Laissez-moi, laissez-moi, ma chute*

## LAMENTO

*Si tu n'es point touché de ma douleur extrême,*
*Rends-moi ton cœur, Ingrat, par pitié de toi-même.*
*Je ne demande point quelle est cette Beauté*
*Qui semble te conduire à l'infidélité*
*Si tu crois quelque honte à la faire connaître,*
*Ton secret est à toi ; mais qui qu'elle puisse être,*
*Pour gagner ton estime, et mérité ta foi,*
*Peut-être elle n'a pas plus de charmes que moi.*
*Qui sait par quel retour ton ardeur refroidie*
*Te feras détester ta lâche perfidie ?*
*Tu verras de mes feux les transports éclatants,*
*Tu les regretteras, il ne sera plus temps.*
*Ne précipite rien ; quelque amour qui t'appelle,*
*Prends conseil de ta gloire avant qu'être infidèle.*
*Vois Ariane en pleurs. Ariane autrefois*
*Toute aimable à tes yeux méritait bien ton choix :*
*Elle n'a point changé, d'où vient que ton cœur change ?*
*Puisque tout m'abandonne, il est pour mon secours*
*Une plus sûre voie, et des moyens plus courts.*

## AVEC TOI

*Ta peau est une langue étrangère*
*Que j'apprends à lire sur tes lèvres*
*Doucement, alphabet de mes rêves*

*Ta bouche est une menace, une guerre*
*Qui m'attaque, qui dévore ma chair*
*Je l'attends, il n'y aura plus de trêve*

*Dansent nos corps*
*Dans la nuit*
*Je n'veux pas qu'elle finisse*
*Autrement qu'avec toi*

## COMME DES OMBRES

*Fuir dans la nuit*
*Évasion*
*Et rejoindre les ombres*

*Fuir avant l'aube*
*Oublier le passé*
*Les fantômes*

*La route s'efface peu à peu*
*On oublie tous les deux*
*La violence et le feu*
*Ne me quitte pas des yeux*
*Pas des yeux*
*Pas des yeux*
*Pas des yeux*

*Ton regard dangereux*
*Ton regard dangereux*

*Dévorer tes lèvres*
*Ta bouche*
*On se fixe comme des ombres*

*Le temps s'arrête*
*Tu souris*
*On soupire et on sombre*

*La route s'efface peu à peu*
*On oublie tous les deux*
*La violence et le feu*
*Ne me quitte pas des yeux*
*Des Phares qui brulent, on se fige*
*On s'envole tous les deux*
*Un éclair, tout prend feu*
*Ne me quitte pas !*

*Ton regard dangereux*

# Table des scènes

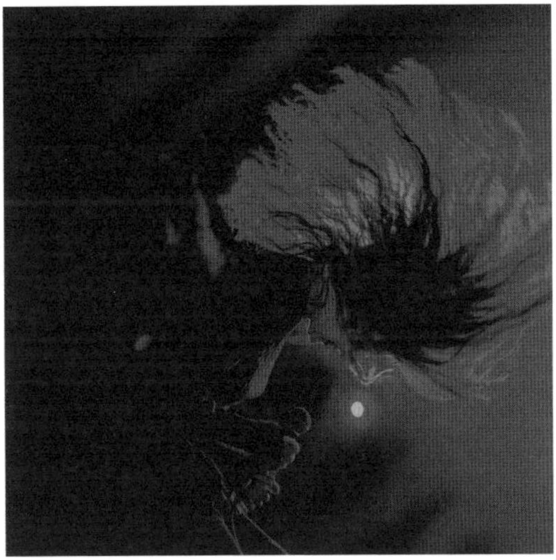

# ARIANNE

L'album d'Arianne est à découvrir en flashant le QR-code suivant :

Conception graphique et mise en page :
Qui Mal Y Pense Editions

Photographies couverture et livret musical :
Charlotte ASSAD-GRAZIANI, AVEC L'AIMABLE ACCORD DE L'ARTISTE

Imprimé en France, sur les presses vendéennes
de l'Imprimerie Graphique de l'Ouest

Dépot légal : Juin 2024
N° d'impression : 9435